W9-BUL-203

Bailando al rescate

adaptado por Laura Driscoll
basado en guión original de Eric Weiner
ilustrado por Dave Aikins

SIMON & SCHUSTER LIBROS PARA NIÑOS/NICK JR.
Nueva York Londres Toronto Sydney

Basado en la serie de televisión *Dora la exploradora™* que se presenta en Nick Jr.®

SIMON & SCHUSTER LIBROS PARA NIÑOS
Publicado bajo el sello editorial de la División Infantil de Simon & Schuster
1230 Avenue of the Americas, New York, New York 10020
© 2005 Viacom International Inc. Traducción © 2005 por Viacom International Inc.
Todos los derechos reservados. NICK JR., *Dora la exploradora* y todos los títulos relacionados, logotipos y personajes son marcas registradas de Viacom International Inc.
Todos los derechos reservados, incluido el derecho a la reproducción total o parcial en cualquier formato.
SIMON & SCHUSTER LIBROS PARA NIÑOS y el colofón son marcas registradas de Simon & Schuster, Inc.
Publicado originalmente en inglés en 2005 con el título *Dance to the Rescue* por Simon Spotlight, bajo el sello editorial de la División Infantil de Simon & Schuster.
Fabricado en los Estados Unidos de América
6 8 10 9 7
ISBN-13: 978-1-4169-1504-1
ISBN-10: 1-4169-1504-4

Cierto día, el zorro Swiper encontró una botella mágica. Dentro de la botella había un elfo bailarín, decidido a salirse.

"¡A lo mejor puedo engañar a ese zorro para que me libere!" se dijo el Elfo a sí mismo. Estaba seguro de que quien abriera la botella quedaría atrapado dentro de ella por arte de magia y él podría escapar.

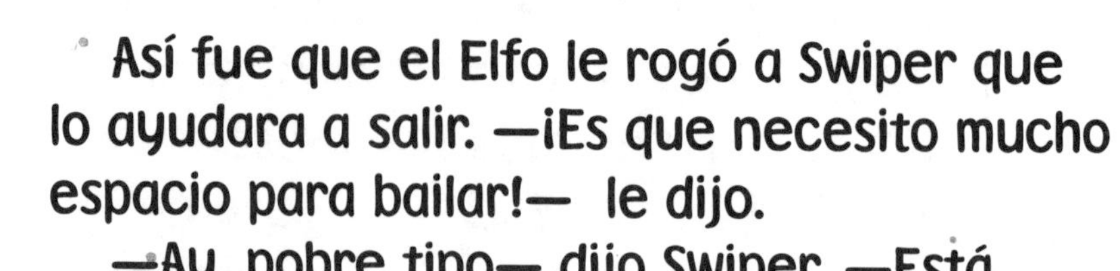

Así fue que el Elfo le rogó a Swiper que lo ayudara a salir. —¡Es que necesito mucho espacio para bailar!— le dijo.

—Ay, pobre tipo— dijo Swiper. —Está atascado ahí.

Así fue como Swiper abrió la botella. ¡Puf! El Elfo Bailarín quedó libre— ¡pero ahora Swiper quedó atrapado dentro de la botella!

Entonces el Elfo se alejó bailando hacia el bosque y dejó a Swiper solo y abandonado.

—¡Rayos!— se lamentó Swiper. —Necesito ayuda. Tal vez Dora y Boots me pueden ayudar.

Swiper rodó hasta donde estaban Dora y Boots y les dijo cómo fue que el Elfo Bailarín lo había engañado. —¡Y ahora estoy atrapado aquí!— sollozó.

—Pobrecito zorro— dijo Dora.

Ya mismo iba a abrir la botella pero Swiper la detuvo. —Si abres la botella, eres tú quien va a quedar adentro— le advirtió.

—No te preocupes— dijo Dora. —Nosotros vamos a buscar la manera de que salgas de esa botella. Te lo prometo.

Justamente en ese momento, la botella empezó a sacudirse. Estaba bailando—¡y hasta cantando! La botella le dijo a Dora, Boots y Swiper lo que tenían que hacer para que se les concediera un deseo.

—¿Dónde se nos puede conceder ese gran deseo?— preguntó Boots.

—Si logran llegar al castillo y ganan la competencia de baile del rey, ¡se les concederá un gran deseo!— explicó la botella. —¡Después pueden desear que Swiper salga de la botella!

Dora, Boots y Swiper se encaminaron hacia el castillo en el acto. Para llegar allá, primero tenían que pasar por la pirámide, que custodiaban las Hormigas Marchadoras. Éstas no dejaban pasar a Dora, Boots y Swiper sino hasta que marcharan como Hormigas Marchadoras.

¿Les ayudas *tú* a Dora, Boots y Swiper a marchar como las Hormigas Marchadoras? ¡Marcha, marcha, marcha!

Las Hormigas se admiraron—¡y dejaron pasar a Dora, Boots y Swiper!

Más adelante en el camino, unas Arañas Movedizas les bloquearon el camino. No dejaban pasar a Dora, Boots y Swiper sino hasta que se movieran como Arañas Movedizas . . .

 ¡Mueve los codos! ¡Mueve las manos! ¡Baila como Araña Movediza!

. . . y Las Arañas los dejaron pasar.

Al fin, Dora, Boots y Swiper se toparon con unas Culebras Engañosas. Las Culebras no los dejaban pasar hasta que no bailaran como culebras.

Y así, Dora, Boots y Swiper serpentearon y se deslizaron como Culebras Engañosas . . .

 ¡Coloca las manos sobre la cabeza! ¡Muévelas de lado a lado! ¡Serpentea como Culebra Engañosa!

. . . y las culebras los dejaron pasar. ¡Atravesaron la pirámide!

Después, Dora, Boots y Swiper llegaron al océano. Allí los recibió el Cerdo Pirata y los Cerditos Piratitas.

—Tenemos que cruzar el océano para que se nos conceda un gran deseo y liberar a Swiper— les explicó Dora.

El Cerdo Pirata alegremente les hizo el viaje para cruzar el océano en su barco pirata. Pero mientras navegaban, las olas crecieron muchísimo. De repente, ¡una ola enorme arrastró a Swiper y la botella mágica! Antes de que Dora pudiera alcanzar la botella, una ballena salió en busca de aire y —¡chas!— ¡se tragó la botella mágica con Swiper y todo!

Por suerte, Backpack llevaba algo que haría estornudar a la ballena: ¡pimienta!

—¡Achís!— La ballena dio un estornudo muy grande. La botella voló hacia afuera y a la seguridad en el barco pirata.

—¡Eso sí que fue divertido!— dijo Swiper entre risas. —¡Nunca antes me había estornudado ballena alguna!

Siguieron navegando y en eso apareció una Tormenta Tormentosa. La única forma de que la Tormenta Tormentosa dejara pasar el barco era que todo el mundo a bordo bailara el baile pirata.

—¡Ése es nuestro baile especial!— dijo el Cerdo Pirata. Él y todos lc Cerditos Piratitas empezaron a bailar y Dora y Boots se les unieron . .

 ¿Bailas tú el baile pirata? ¡Balancea el cuerpo de lado a lado! ¡Agita los brazos! ¡Salta arriba y abajo! ¡Aplaude!

. . . ¡y la Tormenta Tormentosa los dejó pasar! Pudieron llegar al castillo a tiempo para la competencia de baile del rey.

Pero el guardia no dejaba entrar a Dora y Boots al castillo. —¡Tienen que ponerse ropa de fiesta!— les informó. —¡Por orden del rey!

Justamente en ese momento llegó Benny, flotando en su globo aerostático, con una corbata de lacito para Boots y un lindo vestido largo para Dora.

¡Dora y Boots estaban listos para bailar! Pero el Elfo Bailarín también iba a competir. Quería que se le concediera un gran deseo, para él mismo. ¡Y él era muy *buen* bailarín!

El rey Juan el Bobo dio comienzo a la competencia. —Primero tienen que bailar mi baile favorito— anunció. —¡Es el baile de hormigas en los calzones!

Dora, Boots y Swiper ondularon las caderas como si tuvieran hormigas en los calzones. Y también lo hizo el Elfo Bailarín.

¡Ayuda a Dora y Boots a ganar la competencia! ¡Ondula las caderas como si tuvieras hormigas en los calzones!

El rey rió complacido. —Ah, eso estuvo muy bien— les dijo a los bailarines. Pero todavía no estaba listo para anunciar un ganador. Había otro bailecito tonto que quería que todos bailaran. —Para que se les conceda el deseo de una vez— dijo —¡tienen que bailar como pez!

Así fue que todo el mundo bailó como pez. Pusieron cara de pez. Aletearon como si los brazos fueran aletas de pez.

 ¡A ver *tu* cara de pez! ¡Aletea como si los brazos fueran aletas de pez!

—¡Excelente!— dijo el rey Juan el Bobo. —Todos bailaron de lo mejor. Todavía no puedo elegir a un ganador.

Entonces el rey les puso a los bailarines la prueba más difícil de todas. —Tienen que hacer bailar a mi mami— les dijo. El rey estaba triste porque su mami nunca bailaba.

—Es que no sé bailar bien— dijo la mami del rey.

A Dora se le ocurrió una idea. —Vamos a bailar el baile llamado "Todo el mundo puede bailar"— dijo.

—Pues sí— dijo Boots. —¡Ese baile pone a *todos* a bailar!

Así fue que Dora, Boots y Swiper bailaron "Todo el mundo puede bailar".

A poco, todo el mundo estaba bailando—¡hasta la mami del rey!

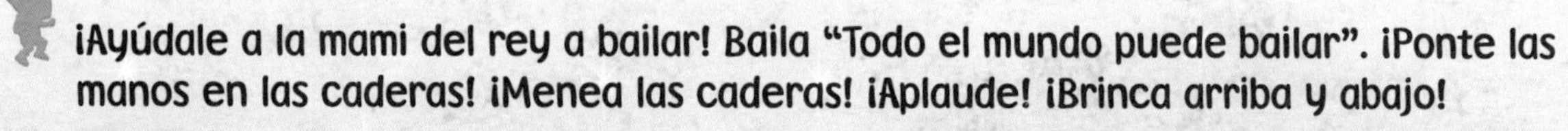

¡Ayúdale a la mami del rey a bailar! Baila "Todo el mundo puede bailar". ¡Ponte las manos en las caderas! ¡Menea las caderas! ¡Aplaude! ¡Brinca arriba y abajo!

—¡Lo lograron!— dijo el rey. —¡Hicieron bailar a mi mami! ¡Así que les voy a conceder un gran deseo! ¿Cuál es el deseo?

Dora sonrió. —Yo sé qué desear— dijo. —¡Que Swiper quede libre!

Ayuda a que se le conceda el deseo a Dora. Repite "¡Que Swiper quede libre!"

¡Puf! En un chisporroteo, ¡Swiper quedó libre!
El Elfo Bailarín lamentaba haber engañado a Swiper.
—Me imagino que ahora yo tengo que volver a mi botella—
jo muy afligido.
Dora intervino ante el rey para que el Elfo Bailarín se quedara
era de la botella. —A él le encanta bailar y allí no hay mucho
pacio para hacerlo— indicó ella.

El rey aceptó—y manifestó que el Elfo Bailarían quedaría libre de la botella por siempre. Todo el mundo estaba contentísimo.

¿Te imaginas cómo lo celebraron?

¡Pues bailaron!